푸른사상 시선 138

프엉꽃이 데려온 여름

푸른사상 시선 138

프엉꽃이 데려온 여름

인쇄 · 2020년 12월 20일 | 발행 · 2020년 12월 28일

지은이 · 박경자
펴낸이 · 한봉숙
펴낸곳 · 푸른사상사

주간 · 맹문재 | 편집 · 지순이, 김수란 | 마케팅 · 김두천
등록 · 1999년 7월 8일 제2-2876호
주소 · 경기도 파주시 회동길 337-16(서패동 470-6) 푸른사상사
대표전화 · 031) 955-9111(2) | 팩시밀리 · 031) 955-9114
이메일 · prun21c@hanmail.net /prunsasang@naver.com
홈페이지 · http://www.prun21c.com

ⓒ 박경자, 2020

ISBN 979-11-308-1752-1   03810
값 9,500원

푸른사상
시선

138

프엉꽃이 데려온 여름

박경자 시집

푸른사상
PRUNSASANG

베트남에도 가을이 왔고

겨울이 있었고

봄을 기다리니 봄이 되었다

그리고 여름은 뜨겁고 끈질기고 더디게 갈 뿐이었다

2020년 겨울
박경자

| 차례 |

■ 시인의 말

제1부 프엉꽃이 피기 시작하면 여름이 왔다

제2부 디엡의 감

제3부 겨울에는 황금열매가 있다

제4부 봄날

9

제1부

프엉꽃이 피기 시작하면
여름이 왔다

우기의 빈대떡

노란 녹두를 사다가 물에 담그는데
마음이 먼저 불었다

서너 시간 불린 녹두를 갈고
신 김치를 넣고 돼지고기를 섞었다

반까오 거리의 마트에서
막걸리도 한 병 사왔다

창밖에서는 야자수에 걸린 빗줄기가 굵어지고
파파야 꽃잎이 짙어지고 있다

한국의 김치 맛과
베트남의 녹두가 경계를 허물고
프라이팬에서 빗소리가 튄다

내가 있는 곳이 한국 같다

쌀국수를 먹는 아침

쑤언 할머니 집 앞에는
푸른 파파야 꽃잎이 하얗게 떨어지고
한쪽 팔을 잃은 할아버지가 집 앞을 쓸고 있다
육수를 우려내는 할머니의 표정이 바쁘다

희고 야들야들한 국수 위에
쪽쪽 찢어진 닭고기와
뜨끈한 육수가 햇살처럼 쏟아진다

이웃집 수탉의 목청이 들리고
꽃을 팔거나 꽃을 사려고
이 골목의 내장처럼 나와 있는 사람들

전쟁 같은 태풍이 지나갔어도
아무 일 없다는 듯이
할아버지는 나뭇잎을 쓸고 할머니는 국솥을 내걸어
아침이 불러내는 풍경이 된다
서로 닮은 사람들의 주름 사이로 햇빛이 지나가고

가난한 속을 채워주는 아침

쑤언 할머니네 오래된 의자에는
호로록호로록
부드럽고 따뜻한 소리가 어깨를 부딪힌다

비 오는 날의 오토바이 패션

쨍쨍하던 하늘에 검은 구름이 덮이자
순식간에 빗물이 들이치는 주차장에는
오토바이의 패션이 펼쳐진다

자석을 열고 등장한 패션에는
두 사람의 머리가 나오고
모자가 두 개 달린 비옷은 하나다

한 몸이 된다는 것은
빗속을 함께 달리는 일
폭우가 삼킬 듯이 쏟아지더라도
몸을 바짝 붙이며 가야 하는 일

이곳에서 비는 지나가는 소나기가 아니다
이 인 삼각이 되게 하고
살아갈 궁리를 하며
오토바이와 함께 달리게 한다

헬멧을 조이고 푸른색 비옷을 펄럭이며

두 사람이 향하는 무대에는
후드득 후드득 쏟아지는 함성
애초부터 막강하여 부딪히고 깨지고 터져도
물러서지 않는다

바나나 꽃

부지런하고 착해서 인기가 많은 푸엉은
병에 걸린 아버지를 대신하여 일요일에도 일했다
농사짓는 어머니와 동생을 위해
집에서 닭과 돼지를 길렀다

직장 동료의 생일이면
환한 얼굴로 불붙은 케이크를 들고 나타나는 그녀였다

한국어를 잘했지만
수줍음이 많아 입이 열리지 않는 그녀였다

그녀의 얼굴에 가끔씩 그늘이 보였다가
바나나 꽃이 피었던 어느 날은
퇴사를 하겠다 하고
예쁘고 크게 웃던 얼굴이 야위어갔다

알코올중독으로 폭력을 일삼는 그녀의 아버지는
꽃잎 뒤에 숨어 있던 바나나였다

겹겹의 꽃잎이 한 장씩 떨어질 때마다 얼굴을 내밀고 꽃술을 물고 있는 바나나가 등장하는 것이다

아버지를 벗어나 호찌민으로 가려는 그녀를 붙잡을 수 없다 그녀도 누군가 이름 부를 꽃이었다

빨간 구두 타오

빨간색 힐을 신고 오토바이를 타고 오는 그녀는
나를 볼 때마다 높은 음으로 인사한다
"안녕하세요!"
아들을 학교에 데려다주고 일터로 나오며
호텔 청소를 하면서도 늘 상냥한
그녀와 인사를 나누면 기분 좋은 하루가 된다

점심시간마다 쉬지 않고 책을 들고 찾아오는 그녀는
내가 만든 김밥과 김치를 좋아한다
그녀가 고향에서 가지고 온 옥수수를 나는 좋아한다
우리는 한국 음식을 만들어서 함께 먹고
틈틈이 한국어를 공부한다
베트남어를 할 줄 모르는 나와
겨우 한국말의 걸음마를 걷고 있는 타오는 친구이다

지금은 그녀의 오토바이를 볼 수 없고
오토바이 옆에 가지런히 벗어두던 빨간 구두도 볼 수 없
지만

나는 서운하지 않다

한국 회사에 취직한 그녀의 바쁜 일과가 궁금할 뿐이다

점심시간의 회식

튜의 제안으로 점심시간에 회식을 하게 되었다
집이 멀거나 아이들이 있는 직원들도 모두 찬성이었다
회사 앞의 한국 식당에서 상추가 나풀거린다
술잔 대신 콜라가 건배를 외친다
화들짝 고기가 뒤집혔다 사라진다

술잔이 돌지 않아도 회식은 꽃을 피운다
불판의 고기들이 귀를 쫑긋 세우고
숯불의 달짝지근함이 불씨처럼 이야기로 번진다

튜는 주말에도 바쁘다
격주로 양쪽 부모님 집을 오가며 매달 생활비를 드리고
입원한 할머니의 병원비를 형제들이 나누어 낸다

집이 먼 흥은 집 앞에서 파는 빵을 아침으로 먹는다 하고
튜는 퇴근 시간이 되면 총알같이 집으로 간다
맞벌이 아내가 청소를 하고 빨래를 하는 동안

아이를 돌보거나 요리를 한다

한국에서 유학 중에 결혼을 하고
아내를 위해 고향으로 돌아온 튜의 선택과
부모님을 위하는 젊은 그들이 고개를 끄덕이는 점심시간
태양의 정수리가 바글거려도 평화로운,
튜의 저녁 스케줄은 바뀌지 않는다

자수를 놓는 여인

나트랑 해변을 걷는데 소나기가 쏟아졌다
소나기를 피해 들어간 곳에는
박물관처럼 걸린 커다란 액자와
액자 속 여인들처럼 수를 놓고 있는 그녀가 있었다

비단실이 꿰어진
마법 같은 그녀의 손이
얇은 천을 뚫고 왔다 갔다 하는 동안
바깥의 빗줄기는 더욱 세차게 내렸다

미세한 한 땀 한 땀이 모여서
사람의 얼굴이 되고 표정이 되었다
수천 번의 손끝에서 꽃이 피고 새가 날았다

바다를 향한 소나기는 그칠 기미가 없고
도로에 빗물이 넘치기 시작하자
가게로 빗물이 들이친다

투명하게 수놓은 작품들이 살아서 움직인다

물 위를 걷던 백로가 한쪽 발을 들어올리고
흰 머리카락 할머니의 눈매가 촉촉해지도록
꼼작도 않고 등을 보이는 그녀의 바늘은 멈추지 않는다

소나기를 피해서 들어간 곳에서
태풍보다 강한 여인의 의지를 보았다

프엉꽃

프엉꽃이 피기 시작하면 여름이 왔다
까멜라에서도
땀박 호수 주변에서도
여자들은 붉은색 아오자이를 입고
꽃구경을 하고 사진을 찍었다

사돈지간인 훙 씨와 응우옌 씨도 함께 꽃구경을 나섰다
나란히 팔짱을 끼고 사진을 찍는다
손자를 돌보는 그녀들의 육아는 잊고
어느 때보다 다정해 보였다

예순에도 몸매가 좋은 사돈을 부러워하는가 하면
새로 산 아오자이를 자랑하기도 했다

프엉꽃 아래에서 그녀들은 꽃보다 붉었다
일하는 딸을 대신하여 육아에 지친 마음도
남편의 외도에 상처 난 자국도 보이지 않는다

초록 잎을 덮고

꼭대기에서 피어오른 프엉꽃
부드럽고 섬세함이 하늘거리는 오후

청춘을 지나 붉게 무르익은 그녀들을 찍으며
내 마음속에도 불꽃이 번져 함께 타올랐다

안부

하이퐁의 7월은 아침마다 비가 옵니다
야자수가 젖고 바나나 잎이 젖고 있습니다
나는 한국의 장마철이 생각나서
우산을 쓰고 까멜라의 가로수 길을 걸었습니다
대륙을 건너온 빗방울은
내 어깨를 두드리고 발목을 적시고
가슴에 흘러넘칩니다
어느 해 7월 창원의 북면 과수원에서
배꼽 빠지게 웃던 우리들
경자 정희 햇살 명자 순이 소정
누가 먼저랄 것도 없이
밥을 짓고 호박 부침개를 부치고 수박을 자르곤 했지요
상한 수박 속을 보고도 깔깔거리던
과수원에 비 내리고 붉은빛 나리꽃이 한창이었습니다
재활용을 모아 만든 과수원 움막의 문짝이
버려졌다 불려온 액자들이
퇴색한 흔적을 지우고 빗소리와 함께 웃었습니다
지금은 시어머니가 되고 할머니가 되고 중년이 됐을

언니들 그리고 친구들

오늘은 하이퐁에 아침부터 비가 내립니다

비를 맞고 선 파파야 열매와

붉은 꽃잎들이 빗물에 젖고 있습니다

우리들 붉었던 가슴을 닮았습니다

두리안

신들만 먹었다는데

제철이 되면 거리에 줄지어 나왔다 코를 킁킁거리다 보면
참을 수가 없어서 집으로 가는 길에 먹게 된다

입안에서 풍기는 아득한 냄새에
단단한 껍질 속에서 나온 부드러운 과육에
한번 먹어본 후론 그 맛을 잊지 못했다

엄마란 신이 땅으로 보낸 선물이라는데
달고 맛있는 과일을 먹이기 위하여 당신은 늘 꽁다리를
차지하셨다 벌레 먹은 복숭아에 꿈틀거리는 구더기가 있어
도 달다달다 하셨다

여름밤 깜깜한 평상에서 엄마가 주는 복숭아에는 신들의
비밀이 있었을까 오물오물 달게 먹었던 복숭아를 잊지 못한
다

무겁고 단단한 열매가 도깨비 방망이 같아서 사람의 머리

를 내리칠 수도 있다는데

　나는 겁도 없이 시장에서 두리안을 통으로 사서 집으로
왔다 껍질을 까려면 도끼 같은 칼이 있어야 하는데

　도마에 올려놓고 몇 시간째 씨름한다 주방의 칼로는 어림
없고 스믈스믈 냄새만 풍긴다 속을 보이는가 싶으면 손바닥
을 할퀴고, 코를 갖다 대면 열릴 것도 같아서 엄마를 떠올린
다 젖 먹던 힘을 모아 쩌억 벌리는 순간

　엄마는 신의 존재였다 어떤 장벽도 포기하지 않고 내 입
에 단 것을 넣어주시던

나(Na)

디엡이 꽃 모양의 과일을 가지고 왔다
만져보니 따뜻했다

과일을 받아든 손이 심장처럼 따뜻해져 잠시 당황했다
아직이라고 해야 할까 어느새라고 해야 할까
나무에서 막 떨어져 아직 식지 않은 심장이거나
죽은 심장이 태양의 거리에서 다시 뜨거워졌거나
이 순간, 그녀와 나 사이에서 꽃처럼 피어 있다

나는 디엡과 함께 '나'라고 하는 이름의 껍질을 벗긴다
껍질을 벗길 때에도 먹을 때에도 칼이 필요하지 않다
두 손으로 부드러운 껍질을 벗기면
과육 속에서 까만 씨들이 콩자반처럼 쏟아진다

까맣고 반질거리는 씨를 빼고
무른 과육을 두 손으로 달게 먹다 보면
동물은 가죽을 남기고 과일은 씨를 남긴다는 생각이 든다
그리고 우리는 추억을 남긴다

달짝지근한 마음이 끈끈하게 번진다

알고 보니 베트남 8월의 시장에는 온통
너와 함께 '나'가 기다리고 있었다

6월

담장 안에는 초록색 망고가 주렁주렁 달려 있고
두리안처럼 생긴 커다란 열매를 밋이라고 했다
밋을 따라 발음하니
입안에서 달짝지근한 열대 향이 났다

닌빈은 하이퐁에서 두 시간
회사에 다니는 디엔은 아이들을 부모님께 맡기고
주말이면 아이들을 보러 간다

토요일 오후, 나는 디엔의 고향에 따라와
오래된 망고나무 그늘에 앉았다
세 살과 네 살인 디엔의 아이들이 폴짝거리며
그늘을 옮겨놓는다

디엔의 아이들이 바나나 송이처럼 자라고
야자수에도 꽃이 피는 유월의 베트남에는
빨간 노란 보라색 꽃들이 흐드러진다

새벽마다 비가 내린 논에는

누렇게 여름 벼가 익었다

아이들을 바라보는 디엔의 눈동자가 꽉 찬 논밭 같다
나도 그녀를 따라 배가 불렀다

오토바이를 탄 거북이들

오토바이를 탄 그녀가 교문으로 들어왔다
마스크와 헬멧을 벗는 그녀의 얼굴에는
솜털 같은 땀방울이 붉었다

오토바이에서 내려 둘렀던 치마를 당기자
치마 속 반바지와 하얀 다리가 드러났다

치마로 다리를 가리고
윗옷은 손등까지 뒤덮는
그녀의 오토바이 패션은
태양과 맞서는 갑옷 같았다

그녀가 오토바이를 주차하는 동안에도
끈질긴 태양이 맨다리와 손등을 파고들었다

무역학과 사학년인 흐엉은
취업을 위해 한국어를 배운다
한국 회사에 취직하여 경력을 쌓고

안정된 가정과 결혼을 꿈꾼다

아직은 한국어가 서툰 그녀에게 갑옷이 덥겠다고 했더니
자신을 거북이라고 말했다
어눌한 한국어와 수줍은 손짓으로
머리만 내민 거북이를 흉내냈다

거북이가 되어 땀에 흠뻑 젖은 그녀처럼
하이퐁 항해대학의 오토바이 주차장에는
깃발을 향한 거북이들이 줄을 이었다

조용한 악사

거리에는 그의 무대가 있다
활짝 펼친 보자기를 악보로 펼치고
수백 번 반복했을 연주를 시작하면
늙은 악사의 빗과 가위는 화음을 이룬다

무대를 비추는 거울 앞에는
손때 묻은 면도기, 비누 거품 같은
순서를 기다리는 악기들……
악사의 손끝이 섬세하게 움직이고
도란도란 연주를 하는 동안
손님은 꾸벅꾸벅 장단을 맞춘다

짤깍짤깍 가위 소리가 태양의 귀밑을 간질이고
붉은 꽃이 수놓인 가로수와
오토바이의 경적과
아오자이의 옷자락이 하모니를 이루고
구름과 새들과 나뭇잎이
늙은 이발사의 땀방울을 따르고 있다

제2부

디엡의 감

디엡의 감

디엡은 감을 보내면서
"오늘은 먹도 안 돼요"라고 메시지를 보냈다
내가 '감 킬러'라는 사실을 모르고서
떫은 감을 먹을까 염려하는 목소리가 들리는 것 같다

까멜라에도 감나무가 있었다
감은 가을을 기억하게 한다
백열등처럼 열린 감을 볼 때마다 한국이 그립다

홍시며 단감이며 가릴 것 없이
내 앞으로 밀어놓던 얼굴들
명자, 순이, 정희, 영선… 나는 감을 보면 늘 배가 불렀다

홍시가 되기 바쁘게 게 눈 감추듯 해치울 감도 있고
그런 감을 아낌없이 보내주는 디엡이 있어서
타국에서도 추석이 가까워짐을 느낀다

10월 20일

저녁이 되자 도로에 꽃들이 나와 있었다
어둠 속에서도 환하게
하얗고 노랗고 붉은 장미들
남자들이 모두 꽃을 살 때까지
가늘고 긴 허리로 종소리를 내고 있다

꽃들에게는
꽃들만의 약속이 있다는 듯이
잎사귀를 흔들고 소나기를 부르는
여성들을 위한 날

히엔의 할머니는 먹고살기 바빠서
그런 날을 챙길 틈도 없고 기대도 안 했다고

히엔과 히엔의 어머니는
꽃을 받게 되었다
할머니가 이루어놓은

베트남에만 있는 베트남 여성의 날

퇴근길의 남편이 꽃을 내밀었다
강하고 끈질기고 흔들리지 않는
꽃의 무게가 무겁다

신들의 집

호텔 까멜라에 작은 사당이 있었다
주변에 있는 연못이거나 바나나 밭이거나
밥을 지을 물통들이거나 모두 사당으로 향했다

새벽의 산책길에 끌리듯 기웃거린 곳,
그들의 조상신과 부엌신을 세운 제단에는
아침마다 누군가 다녀간 손길이 보이고
그 너머의 창으로 야자수가 수호신처럼 서 있었다

신들 속에 서 있는 이국의 키 큰 나무와
제단의 과일들은 다 까멜라의 내력을 품었다

조상신을 중심으로
손때 묻은 그릇들, 담배와 지폐들 옆에
초코파이와 콜라가 있다
오늘의 날씨와 마음의 평화, 가족의 기원이 같이 놓였다

열대야를 건너온 바람이 푸르게 열리는 아침이었다

호텔 사장이 노란 꽃을 들고 왔다

그녀의 단정한 옷차림과 머리띠가

신들이 내려온 제단을 살핀다

꽃들도 기도를 올리는 거라고 꽃송이에서 향내가 났다

하루 중 가장 이른 시간에

매일 아침 기도를 올리는 그녀를 만났을 뿐인데

그녀에게서 아들과 며느리와 손자가 보였다

고기고기 하우스

한국에 숯불갈비가 있다면 베트남에는 분짜가 있다

양국의 입맛을 저격한 숯불 때문인지
한류의 바람 때문인지

고기를 굽는 손들이 바쁘고
된장찌개와 김치찌개는 숯불의 배경이 된다

벽에 붙은 그림은
이곳이 한국 식당임을 알린다
한복을 입고 갓 쓴 양반과 담뱃대가 그려진 그림 앞에서
왁자지껄 젊은이들의 회식이 한창이다

귀에 이어폰을 꼽고
첩보원처럼 움직이는 이들의 손과 발이 바빠질수록
떠들썩해지는 테이블들

커플인 듯 두 남녀가 서로의 시선을 놓치지 않는다

빨간 원피스의 그녀가 잔을 들어 올리자
남자의 머리 위로 박수 소리가 쏟아진다
청혼이라도 받은 것일까
여자 옆에 꽃송이가 보이고
일행들은 다투어 술잔을 돌린다

한국 사람은 보이지 않고
베트남의 젊은이들로 북적이는 고기고기 하우스에는
식탁 위에 등장한 한국식 숯불이 달아오르고
내 안에서 느슨해진 심장이 쿵쾅거린다
그들의 발랄함이 식탁을 옮겨 다닌다

조안의 가족들

1.

캄캄한 동네를 돌고 돌아 불빛이 새어 나오는 곳에
조안이 서 있었다
마당에는 제사를 지낸 친척들이 기다렸다
나는 조안의 아버지를 모신 신주 앞에 향을 올렸다
큰아버지와 고모와 사촌들이 이방인을 환영했다
술잔을 권하고 악수를 청했다
이방인은 그들과 술잔으로 통했다

2.

식사를 하는 동안 남자들이 주방을 들락거렸다
조안이 내 그릇에 음식들을 놓아주었다
누나가 만들었다는 고수와 함께 볶은 조갯살이 맛있었다
홀로된 어머니를 보살피는 누나가 있고
아버지의 빈자리를 살뜰히 챙기는 큰아버지가 있고
부지런하고 구김 없는 조안이 있었다
발음되지 않는 언어들이
마주 보며 목을 타고 흐르는 밤이었다

3.

조안의 어머니가

코코넛이 씹히는 초록색 떡과

녹두 가루가 섞인 달달한 과자를 선물했다

과자통 밑에서 지폐 두 장이 나왔다

오늘 밤, 시간을 거슬러

나는 시골 삼촌 댁을 다녀온 것 같다

작은 손에 차비를 꼭 쥐여주시던 숙모를 생각했다

그녀가 웃는다

복도에서 마주친 그녀가 웃는다
씬짜오, 인사를 건네자
빈 도시락과 쪽지를 내민다
베트남어도 한국어도 아닌 영어가 두 줄로 쓰여 있었다
감사하다는 말과 아들이 김밥을 매우 좋아했다는 뜻이다
그녀를 위해 만든 것이었는데
집에 가지고 가서 아들을 먹인 모양이다

좀처럼 웃지 않는 그녀는
매일 아침 청소 도구를 들고 문 앞에 서 있었다
인사를 나누기도 전에 순식간에 청소를 하곤 사라졌다

우리 집 청소가 끝나면
옆집이나 아랫집에서 나오는 그녀와 종종 마주치곤 했다
표정은 늘 같았고 같은 시간 같은 장소에 그녀가 있었다
그녀의 손길이 지나간 곳은 쓰레기통이 비워지고
집 안이 환해졌다

도시락 통을 받으면서 그녀에게 아들의 이름을 물었더니

입안에 공기를 모았다가 떼면서 '응우'라고 했다

아들의 이야기를 하면서 그녀가 또 웃는다

그녀의 웃음에는 아들의 얼굴이 따라온다

엄마의 얼굴을 닮았을 응우에게는 맹목적인 사랑이 있다

바람이 길들인 아이의 옷이 두껍다

아이를 업은 아이가 기념품을 사라고 매달린다
작고 동그란 네 개의 눈과 마주치는 순간
내 손이 먼저 지갑으로 갔지만
약간의 현실이 주춤거린다
많은 관광객들이 있고
필요 없는 잡동사니를 드미는 아이에게
잔돈이 없다고 돌아설 수도 있다
잔돈을 돌려받으려는 내게 투덜거림이 돌아오고
생각보다 가까이에 아이의 엄마가 있다
허리에 찬 전대에서 잔돈을 꺼낸다
아이는 키우는 것이 아니라 키워지는 것일까
해발 3000미터 위의 바람이 이빨을 보인다
밤이 밝힌 관광지의 불빛이 하지 못한 말들을 쏟아놓는다
사파는 오토바이가 도로를 가득 메우는 하노이에서
고작 다섯 시간
사방이 산으로 둘러싸여 있고
학교는 보이지 않는다
씻지도 먹지도 않은 듯한 아이의 현실에는

신기루 같은 날씨가 수다스럽다
바람이 길들인 아이의 옷이 두껍다

한국 남자 영식 씨

마흔이 넘도록 결혼을 못한 영식 씨가 리엔 씨와 결혼을
한다
베트남 회사에서 만난 신부는 18살 연하다

영식 씨에게는 꿈도 못 꿀 일이
바다를 건너와 이루어지고 있다

젊은 신부를 위해 화려한 꽃들을 준비하고
젊은 장인 장모의 표정을 읽고 있다

호텔 야외 결혼식장에서
주변의 호기심과 날 선 시선들을 한몸에 받고 있다
결혼도 전에 신부네 집에 불려가 힘든 집안일을 했다거나
처갓집 음식이 입에 맞지 않아 고추장을 들고 다닌다거나
서로에게 숙제로 남은 언어들이 허공을 떠돌고
우려와 부러움이 섞인 시선을 따라
하얀 드레스를 입은 신부가 등장한다

멀리서도 화색이 도는 영식 씨의 얼굴에는
내일 일을 미리 걱정할 필요는 없다는 듯
신부를 향한 입꼬리가 올라가고
식장에는 양국의 언어가 화음을 맞춘 음악처럼 흐른다

갓비 공항에서

유리문 안쪽을 들여다보며
꽃을 든 여자가 있었다
그녀의 옆에 양복을 차려입은 아버지
눈이 크고 키 작은 어머니
동생인 듯 어린 소녀도 언니 옆에 붙어 있다
노루 같은 눈빛으로 딸의 표정을 살피는 아버지가
품안의 새끼를 대하듯 연이어 소곤거리면
꽃을 든 여자가 고개를 끄덕인다
엄마가 딸의 옷매무새를 만지는 사이
유리문 안에서 카트를 밀며 가방을 멘 남자가 나온다
지나가던 바람이 두리번거린다
여자의 노란 꽃이 환한 미소로 번지자
바람을 털어낸 남자가 다가선다
남자가 먼저 여자의 손을 잡고
따라 나온 선물 꾸러미들이 여자 옆에 쌓이고
여자의 꽃이 남자에게 안긴다
엉거주춤한 침묵을 깨고 어린 동생이 폴짝폴짝 끼어든다
아버지가 남자의 어깨를 감싸자

엄마가 목젖을 보인다

남자의 얼굴이 환해지고

남자를 오빠라고 부르는 그녀의 목소리가 높다

앞장 선 남자의 뒷모습에 아름다운 새 한 마리 따라간다

잠옷과 꽃 자전거

새벽 산책길에 튜이를 만났다
잠옷 같은 옷차림으로 꽃을 한아름 안고 있다
꽃을 실은 자전거가 철길 앞을 지나간다

근처에 사는 튜이는 호텔 직원이다
오가며 눈인사를 나누었던 그녀에게 놀란 눈짓을 보냈다
그녀는 왜 잠옷을 입고 꽃을 들고 있을까

내 놀란 표정에도 튜이의 입가에는 미소가 번지고
막 지나간 자전거를 가리킨다
그녀의 손에도 잠옷에도 피어 있는
노란 빨간 꽃들이 자전거에 실려 흔들린다

잠옷을 입고 꽃을 사러 나온 그녀는
조상신에게 꽃을 올린다고 했다
신을 향한 그녀의 부지런한 마음이 꽃보다 예쁘다

자전거를 타고 꽃을 팔러 다니는 풍경도

잠옷을 입고 꽃을 사러 나오는 그녀도
이곳에서는 이른 아침의 일상이다

분짜 거리

재래시장이 가까운 곳이었다
나와 지엠은 노상에 앉아 분짜가 나오기를 기다렸다
면을 말하는 분과 고기를 말하는 짜가 합쳐져서
이름이 분짜라고 했다
팔꿈치가 닿을 듯이 모여 앉은
우리의 옆자리에도 그 옆자리에도
푸른 향신채와 소스가 담긴 그릇이 먼저 나오는 사이
즐비한 플라스틱 의자와 테이블이 채워지고
거리가 주방인 그곳은
마치 커다란 광장 같았다
이마를 맞댄 동료들이 있고 아이의 손을 잡은 아빠가 있다
그릇을 나르는 남자의 표정은 넉넉하고
달콤 짭짤한 양념을 부채질하는 숯불 앞의 여자는
더위 먹은 입맛을 부추겼다
아무리 더워도 먹고 싶다는 눈빛 때문인지
거리를 메운 고기 냄새 때문인지
가로수는 그늘을 늘리고
오토바이는 경적을 멈춘다

나는 옆에 앉은 지엠을 따라
소스가 담긴 그릇에 고기와 고수를 담그고
쌀로 만든 면을 넣었다
젓가락을 휘휘 저어
고기와 면과 고수를 감아올리면
하늘하늘 늘어선 꽃들이 웃고 새들도 떠드는
잊을 수 없는 거리가 된다

바우 뉴 띠엔?

아침 햇살을 따라 들어간 골목 시장에는
윤슬처럼 반짝이는 할머니가 있었다
대나무 소쿠리에 돌려 담긴 깨끗한 야채들처럼
할머니의 표정도 씻은 듯이 가지런하다
쌀국수에 들어가는 채소들 사이에서
숙주나물을 보자 나는 그것을 손짓했다
비닐봉지에 숙주를 옮겨 담으며
저울에 올리는 할머니에게 나는
그것을 몽땅 달라고 했다
"바우 뉴 띠엔?"
나는 또박또박 얼마인지를 물었지만
가격은 알아들을 수가 없다
할머니는 다섯 손가락을 활짝 펼쳤다가
엄지 하나를 접는다
5만 동짜리 지폐를 건넸더니 만 동을 돌려주려고 한다
나는 거스름돈 대신
계산할 수 없는 웃음을 덤으로 받았다
눈매 고운 할머니의 얼굴이

어릴 적 남해 바다를 불러내고
한동안 우리 집 식탁에는 숙주나물과
햇살 내린 백발에 언제나
비녀를 꽂으셨던 외할머니가 찾아올 것이다

단단한 집

노이바이 공항에서 하노이로 가는 길
벽도 창문도 옆집과 붙어 있는 집들이
울긋불긋 단풍 든 풍경 같다

풍경을 따라 달리다 보면
다닥다닥 생계가 보이는 그곳에는
소소한 철물들이 펼쳐져 있고
반질반질 손때 묻은 목공품들
도자기로 된 그릇들
모두 일층에 나와 있다

좁고 길게
벽을 하나로 붙여서 지어진
공존의 방식에는 폭이 3.5미터 정도라니

이층에서 옷가지들이 나부끼고
삼층의 창문들은 하늘을 향했다

단풍 같은 집에 생활이 덧씌워져

집과 집 사이
기둥을 하나로 뭉쳐진 단단한 집들이
아무리 흔들려도 무너지지 않으려는 항쟁의 목소리 같다

사파에서

 — 소녀 1

아버지를 따라 나온 소녀가 있었다
아이는 비닐봉지를 건네거나 말없이 지켜본다
아버지가 파는 것은
대나무에 쌀을 넣어서 찐 밥이었다

소녀의 앞에 있는 것이
해발 3143미터 아래
계단식 논에서 농사를 지은 것인지
한 톨 한 톨 아버지의 구부린 허리와
소녀의 눈빛이 키워낸 것인지
나는 알지 못한다
그곳은 높고 가파른 계단식 농사를 짓는 곳
여전히 소수 민족들이 살아가는 곳이었다

나는 돈을 내밀고 잔돈을 건네받는데
산을 오르고 기다시피 하였을 땅에서 나온
대나무 밥이 한 개에 오백 원이다

아버지와 아이의 눈빛 사이로 공복이 밀려온다

판시판의 다랭이 논들은 굽이굽이

하노이행 버스를 따라왔다

보이는 만큼 이해한다 해도 될까

카페67

베트남 거리를 걷다 보면
집과 집 사이
사람과 사람들 사이에 찻잔과 주전자가 놓여 있다

한가롭게 길거리에 앉아서 차를 마시거나 잡담을 하는
손님들은 주로 남자들이다

리엔의 아버지도 하루 종일
집 앞에서 차를 마시거나
빈둥빈둥 동네를 참견하며 다니는 것이 일이라 했다

리엔은 그런 아버지를 이해한다고 했다
오랫동안 전쟁터에 나가서
수많은 죽음을 목격하고
또 언제 죽을지 모른다는 생각이
리엔의 아버지를 당당한 백수로 만들었다니

베트남 거리마다 늘어선
카페67들의 존재 이유를 알 것도 같다

제3부

겨울에는 황금열매가 있다

김치 있어요?

내가 담근 김치를 좋아하는 디엡이 생각나서
메시지를 보냈다
"김치 좀 줄까요?"
"네, 설에 저는 김치가 조금 있고 싶어요."
나는 디엡의 서툰 한국어를 알아들었고
반찬통에 김치를 나누어 담는 손이 즐거웠다
베트남에서 설을 보내려고 가지고 온 김장김치가
태평양을 지나오면서 더 맛있게 익었다
김치를 가지러 온 디엡에게
오늘 먹어야 맛있다고 했더니
디엡은 설에 먹을 거라고 했다
일주일이나 남은 설에는 김치가 시어 맛이 덜할 텐데
디엡은 그래도 설에 먹고 싶다고 한다
설날을 기다리고
친척들을 기다렸다가
아끼는 김치를 함께 먹으려는
그녀 때문에 내 마음이 맛있게 발효되고 있다

황금열매

오토바이가 달리는 도로 곳곳이

황금나무를 사려는 사람들로 붐빈다

마치 금맥이 흐르는 도시처럼

거리에는 노랗게 익은 열매들이 쏟아지고

나무를 보러 나온 사람들은 황금을 찾는다

베트남 사람들은 노란색 열매가 주렁주렁 달린

금귤나무를 닮은 것을 황금열매라고 불렀다

설날이 다가오니 거리마다 화색이 돌고

남편과 아내가 나무를 고르고 오토바이에 싣는다

남편이 운전을 하고 뒷자리의 아내가 나무를 안고 달린다

키보다 더 큰 화분을 짊어지고

집으로 향하는 부부의 모습이

우주를 함께 끌어안고 가는 것 같다

새해에는 그 가족에게 어떤 소원이 있을까

고향에 땅을 사고 집을 짓는 일

가족의 건강과 행운을 비는 일이 줄을 잇는 것 같다

나는 차에서 내려

낯선 별에 도착한 이웃이 되어

황금열매 흥정을 한다

말을 알아들을 수는 없지만 손짓과 눈짓이 통하여

황금열매가 빼곡히 달린 나무를 받아들었다

새해에는 딸의 취업 소식이 들릴 것 같다

박항서 매직

경기가 있는 날, 저녁이었다
구내식당에 스크린이 켜지고
퇴근을 미룬 한국과 베트남의 직원들이 모였다

낮에 일하던 땀방울이 모였고
어제의 저녁이 여전히 남아 있었다
천 년에 걸친 항쟁과
오토바이와 도로를 달리던 굽은 어깨들
박항서 감독으로 환하게 밝혀진 저녁이었다

그가 주문을 외우면
천 년의 지배를 벗어난 함성이 탄생했다

다시 무대가 펼쳐지고
검은 망토를 걸치고 나온 박항서 감독
그가 가슴을 열면 흰 새들이 날아올랐다

천 년을 참았던 열기가

한꺼번에 뜨거워져 밤을 흔들어놓았다
맨발의 새들이 빛나는
푸른 저녁을 사람들은 기적이라 불렀다

역사는 끝나지 않는다

모자와 간호사

아기를 낳고 나흘 만에 퇴원한
디엡의 집으로 간호사가 왔다

그녀는 가방에서
코코넛 오일과 소독약과 식염수 등을 꺼내놓고
아기의 목욕을 준비했다

아기의 작고 오므린 손과 발이 꼬물거렸다
간호사가 손바닥에 오일을 묻히고는
내 손가락보다 작은 아기의 손과 발과
그 작은 등을 마사지했다
잠이 덜 깬 아기가 울음을 터뜨려도
울음소리가 천장을 뚫을 듯이 높아져도
그녀의 섬세한 동작은 멈추지 않고
척추를 어루만지고 울음을 토닥거렸다
물을 적시고 목욕을 시키는 동안
디엡은 아기에게 입힐 옷을 깔아두고

모유를 먹이려고 기다렸다

배꼽을 소독하고 귀와 눈을 닦아내니
아기는 비로소 젖을 빨고 깊은 잠에 빠진다

아기의 머리맡에는 마늘이 놓여 있다
마늘이 있어서 잘 먹고 잘 자는 거라 믿는
디엡도 건강하다

반뗏을 먹다

히에우가 가족과 함께 만들었다며
바나나 잎에 찐 떡을 가지고 왔다
우리가 설날에 떡국을 먹는 것처럼
새해에는 반뗏을 먹는다고 했다
찹쌀과 녹두를 불려서 만든 떡이었다

명절이 다가오면
엄마를 따라 방앗간으로 갔다
집에서 불려간 쌀을 빻아서 네모난 틀에 쌀을 찌면
흰 가래떡이 쭉쭉 뽑아져 나왔다
엄마는 김이 모락모락 나는 가래떡을 뚝 잘라서
내 입에 물리고 흐뭇하게 바라보시곤 했다
집으로 가지고 온 가래떡이 꾸덕꾸덕 마르면
엄마와 함께 오빠들과 둘러앉아 떡을 썰었다
엄마의 도마에는 얇고 매끈한 떡국이 이어지고
오빠들이 썬 떡 모양은 두껍고 투박했지만
그런 저녁이면 나는 키가 클 것만 같았다
손가락에 물집이 잡히도록 떡을 썰고 나면 새해가 밝았다

온 가족이 둘러앉으면 숟가락 소리가 들리고
입안에서 쫀득거리는 떡국이 내가 썰었던 것인지
오빠들이 썰었던 것인지 궁금했던 아침은 없지만
멀리 베트남에서 반뗏이 있는 새해를 맞이한다

화다오

오토바이가 줄을 잇고
더 긴 줄을 펼친 복숭아꽃 나무들이
하이퐁 거리에 쏟아져 나왔다

마트를 지나고 카페를 지나고 해산물 식당을 지나는 길
꽃눈을 터뜨린 가지들이 따라온다

꽃을 사러 나온 사람들의 표정도
나무에 맺힌 꽃봉오리들도
오토바이에 실리며 생기가 넘친다

마치 서양의 크리스마스 나무처럼
설날의 꽃나무인 화다오가
명절을 준비하는 사람들의 집으로 향한다

히엔의 아버지는 설날이 다가오면 집 안을 꽉 채우는
분홍색 복숭아꽃 나무를 사들인다고 했다
집 안 가득 환한 꽃나무를 들이고는

손님을 맞이하고 새해의 덕담을 주고받는다니

가지에서 꽃봉오리가 만개하는 일월 내내

새해를 맞이하는 마음이 꽃처럼 환하고 따스하겠다

유학을 준비하는 히엔의 소망도 함께 꽃피우겠다

미역국과 루억

토요일 오전에 미역국을 끓여서 디엡에게 갔다

발간색 내복과 양말을 신은 디엡이 문을 연다
산모의 얼굴이 푸석푸석하다
한국 음식을 좋아하는 그녀가 미역국을 반긴다

식탁에는 밥과 말려서 갈아놓은 돼지고기가 있다
막 밥을 먹으려던 그녀는 나에게 같이 먹자고 한다
노랗게 쪄진 밥 위에 포슬포슬한 루억을 얹고서
우리는 마주 보고 웃는다

미역국과 루억이 만난 식탁에는
야자나무에 열매가 차오르는 동안 아들을 낳은 디엡과
말하지 않아도 오가는 다정함이 있다

적도 부근에서도 크리스마스를 기다리는 십이월,
나는 그녀에게 자꾸만 더 먹어라 미역국을 권하고
그녀는 내 앞으로 루억을 밀어놓는다

국보 1호

연못 가운데 하나의 기둥이 있다
기둥 위에 한 송이의 연꽃처럼 세워진 사원을
'못곳'이라 했다
바딘 광장을 돌다가
호찌민 박물관을 들렀다가
오가는 길목에서 마주치게 되는 곳
정사각형의 연못에 비친 연꽃 그림자가
호기심을 더한다
자손이 없는 황제에게
부처님이 연꽃을 타고 와서 아들을 점지했다고도 하고
조국의 독립을 위해
희생한 애국지사들을
기리기 위해서 지었다고도 한다
계단을 통하여 땅과 이어진 그곳,
못곳 사원에는 인연의 발길이 끊이지 않는다
동서양의 옷깃이 스치고
연못에 비친 염원들이 보인다

하노이 여성 박물관

여기 여성들이 있어요
태어나 총을 들고 밭을 일구던 여성들

벽면을 가득 채운 훌륭한 여성들의 얼굴이 있고
독립운동 때 사용했던 가짜 신분증, 실제로 사용했던 타
자기
여성 군복과 모자가 있어요

전통 혼례복과 출산과 젖을 먹이는 엄마가 있고
여자들이 돌리던 방아가 있고
웃는 얼굴이 우리의 어머니의 어머니와 많이 닮았어요
밖에서 농사를 짓고 집에서 불을 피우고
남편과 자식을 잃고도 어깨에 총을 멨어요

이곳에는 국가가 있고 꽃이 있어요
영원히 시들지 않는 꽃이
여전히 어깨에 무거운 바구니를 메고

머리에는 논라*를 쓰고 있어요

* 논라 : 베트남 사람들이 쓰는 야자수 잎으로 만든 삼각형 모양의 모
  자.

쎄옴

도시의 혈관을 따라 좌우로 펼쳐진 오토바이

끼어드는 차들과
무단횡단을 하는 사람들의 체중을 뚫고
막힘없이 흐르는 무언의 질서

약속 시간에 늦어
기사가 주는 헬멧을 쓰고 하노이 시내로 들어갔다

깜박이 등이 고장 난 오래된 오토바이는
차선을 바꿀 때마다 요란한 경적을 울렸다
신호등이 없어서 울려야 하는 경적도 있었다

이곳에서 오토바이는 도로 위의 약속이다
앞서거니 뒤서거니 하면서 서로의 추월을 막는다
차선도 신호등도 없는 거친 질주의 리듬이지만
침묵의 공동체가 강물처럼 흐르는 곳

구불구불한 길을 찾아내고 내 발이 된 오토바이 택시

초록색 유니폼을 입은 운전자의 허리를 부여잡고
손에 땀을 쥐는데 눈앞에 목적지가 보인다

바나나 잎의 변신

대형마트의 채소 코너에서 오이를 사려고 하는데
너댓 개씩 바나나 잎으로 감싸여 식물의 줄기에 묶여 있다

매대에 있는 아스파라거스와 아열대 채소들도
모두 바나나 잎으로 포장되어
차곡차곡 쌓여 있었다

바나나 잎 포장이 익숙한 듯 집어 든 현지인과
바나나 잎 포장이 특별한 듯 집어 든 내가
플라스틱으로 오염된 해양을 지키는 것 같아서
우리는 국경을 초월한 눈빛을 주고받았다

마트에 등장한 바나나 잎이 얼마나 소중한지
쓸모없이 버려지던 바나나 잎을
포장지로 사용하는 사람들이 얼마나 지혜로운지
나는 장을 보면서 환경에 대해서 생각했다

잎은 누군가의 행동으로 포장지로 변신하고

비닐을 대체한 사람들로부터 다시 자연으로 돌아간다

조금 느리고 불편하지만
바나나 잎에 담긴 채소를 사다가
나물을 볶아야지 국을 끓여야지
눈앞에서 나뭇잎이 일깨워주는 바다를 생각한다

열대우림을 건너와 도시의 마트에 등장한
초록색 물결
음식을 담아 그릇을 대신하기도 하고
내 의식을 일깨우며 장바구니에서부터 변화를 일으킨다

호암끼엠의 거북이

한국에서 손님이 올 때마다
나는 그곳으로 안내했다
호수 위의 붉은 나무다리를 건너면
작은 섬이 나오고
섬에 있는 사당으로 들어서면
거북이의 등이 보이고
등에서 빠져나온 다리와 머리가 보인다
딱딱한 등딱지에는
사람도 탈 수 있을 것 같다
박제된 거북이 주변에는
동서양의 호기심 가득한 눈들이 빼곡하다
그 거북이가 물어다 준 검으로
전쟁에서 승리를 이끈 후
검을 다시 거북이에게 돌려주어
호안끼엠은 환검이라는 이름을 가지고 있다
사람들은 그 거북이를 행운의 거북이로 여겨
그 앞에서 사진을 찍느라 바쁘다
일행 중 얼마 전 출판사를 차린 친구가

그 앞을 떠나지 못한다
나는 거북이의 머리에서도
거북이의 꼬리에서도
친구를 세우고 사진을 찍었다

하노이 군사 박물관에서

전쟁을 기억하려는 사람들이 있었다
그들은 탱크에 올라가서 총을 겨누어보기도 하고
탄알 없는 대포를 쏘기도 하고
헬리콥터에 앉아보기도 하면서 사진을 찍었다
미국과 프랑스와 싸웠던 생생한 흔적의 박물관 야외에는
발길이 끊이지 않았다

수천 대의 살상 무기를 상대로
여자들은 아이를 안고 총을 들었다
산골짜기 위로 무기를 나르고 식량을 제공하는 민간인들
이 있었다
적군을 포위한 군인들은 물러서지 않았다

산산조각이 난 미 전투기의 잔해를 모아
탑을 세운 국민들

남편을 잃고 자식을 잃었지만

전쟁은 비극에서 끝나지 않았다

비 오듯 퍼부었을 포탄을 잊지 않고 있는 국민들이 있다
추락한 미국의 폭격기를 끌어내고 있는 소녀의 사진이
끈적한 열대의 바람을 일으킨다

하롱베이에서
― 사공

머리에는 야자수 잎으로 만든 삼각형 모자를 쓰고
몸을 젖혀 두 발로 노를 젓고 있었다

시시포스의 바위처럼 하루에도 서너 번
기원전 기원후를 들락거린다고 했다

닿을 듯 닿지 않는
머리 위의 석회동굴을 통과하면
기원전 바다가 나올 것 같았다
호수 같은 바다 위의 침묵을 깨고
사공의 노랫가락과 노를 타는 물살이
느리게 느리게
시간의 계단이 보였다

나룻배는 어느 동굴 앞이었다
동굴이라는 느낌이 신비해서
금방이라도 다른 세상을 만날 것 같은데
사공은 노를 멈추고 사진을 찍어주었다

못 하이 바

찰칵

기원전, 기원후의 간극이 3초였다

리엔의 시아버지

그녀의 시아버지는 아내가 둘이다
사업을 왕성하게 해서 돈을 많이 버는 아내와
고향에 첫째 부인이 있어
양쪽 집을 오가며 두 집 살림을 한다
딱히 직업이 없는 그 시아버지는 손자를 돌보거나
주로 벤치에 앉아 핸드폰에 열중한다

리엔은 남편과 함께 시아버지의 고향에 가는 것을 싫어하
지 않는다 남편의 어머니는 아니지만 혼자 있는 또 한 명의
시어머니가 걱정되어 자주 간다

바닷가가 고향인 그 시어머니는
그녀가 갈 때마다 생선 요리를 해주었다
갓 잡은 생선에 바나나와 코코넛을 넣고 하루 종일 익힌
다 했다
생선뼈가 허물허물 무를 때까지 오래 조린 요리를
나도 맛본 적이 있다

첫 번째 부인에게 아들이 없다는 이유로

시아버지의 양쪽 살림을 탓하는 사람은 없지만
몇 번의 전쟁을 치르는 사이 여자들의 일자리가 늘어나고
남자들의 일자리가 줄어든 사회는
리엔의 시아버지를 백수로 만들었다
남자는 엉덩이가 붙을 정도로 살고 여자는 연골이 닳도록
일한다*

오늘도 리엔의 시아버지는 집 앞을 서성이고
언제나 환한 얼굴로 미소 짓는 리엔은
남편과 아들과 함께 고향의 시어머니에게 간다

* 베트남 속담.

제4부

봄날

죽순과 여자

옌뜨산 국립공원,
이끼가 꽃처럼 핀 사리탑을 지나면
아득한 산 아래 그녀가 있었다

죽순이 가득 들어 있는 망태기와
흙 묻은 장화가 봄을 끌고 나온
화옌사 지나가는 길목이었다

땅속줄기의 마디에서 돋아나는
연한 죽순들처럼
카키색 모자를 쓰고
늙은 엄마 옆에 쪼그린 그녀의 눈빛은 수줍고
꾹 다문 입술은 열리지 않았다

호객이라곤 할 줄 모르는 그녀의 눈빛이
새소리를 불러오고
옌뜨산 4월의 산길에는
꽃다운 나이의
봄이 말갛게 앉아 있었다

생일 선물

정 과장 팀의 조안이 불이 붙은
케이크를 들고 나타났습니다

박수 소리가 리듬을 타며
불꽃 주변으로 환하게 모여듭니다

짱이 촛불을 끄자
선물을 내미는 동료들

초코파이가 등장하고
짱이 좋아하는 소스 병이 웃음을 자아냅니다

막내 흐엉이 치약과 칫솔을 내밀자
짱의 잇몸이 만개합니다

누군가 내민 샴푸로
사무실은 버블버블 웃음방울이 떠다닙니다

점심시간의

막간일 뿐인데

직원들의 웃음이
짱의 생일 위로 쏟아집니다

봄날

설을 앞두고 회사에서 연말 행사가 있는 날
팀장인 롱이 통역을 하며 사회를 본다
한국어와 베트남어가 또박또박 리듬을 타는 동안
객석의 시선을 끌고 아오자이를 입은 직원들이 등장한다
월급을 모두 고향의 부모님께 보내는 따오와
한국으로 가버린 남편을 기다리는 아기 엄마 호안과
한국에서 회사를 다녔던 지엠이 노래를 부른다
한국말을 정식으로 배운 적은 없지만
한국말을 좋아하고 한국 음식을 좋아하는 그녀들이
방탄소년단의 '봄날'을 부른다
봄날이 시작되자 접시에 담긴 닭고기가 날개를 단다
아오자이의 흰 옷자락이 춤을 춘다
테이블이 들썩거린다
어눌한 억양과 어눌한 발음이 길게 또는 짧게 길게
"보고 싶다 보고 싶다"
보고 싶은 마음은 국경이 없다
부모님을 위해 떠나간 남자를 위해 가족을 위해
베트남의 소녀들이 딸이 되고 엄마가 되고 일꾼이 되었다

꿈을 향한 그녀들의 몸짓이 다시 올 봄날을 기다린다

"벚꽃이 피나 봐요 이 겨울도 끝이 나요"

논밭이 생긴 따오의 고향에서는 바나나가 열리고

호안은 여전히 한국으로 간 남편이 출장 중이라 생각한다

다시 한국으로 가고 싶은 지엠은

한국말을 열심히 배우고 있다

그녀들이 기다리는 봄날이 무대를 들썩거린다

응우옌 씨네 마을의 피로연

신랑과 신부는 같은 고향 사람이라 했다

마을 입구에는 꽃을 단 자동차가 기다리고
하객들이 타고 온 오토바이가 골목길에 줄지어 있다

마당에는 토종닭과 돼지고기로 만든 음식들이 반기고
찹쌀로 담근 전통주와 붉은 찰밥으로
잔칫상이 가득하다

아오자이를 곱게 입은 신부의 어머니와
양복을 갖춘 신부의 아버지가 나란히
하객들 사이를 돌며 술잔을 권한다

동료들이 모여 앉은 자리에는 웃음소리가 끊이지 않는다
누군가 신부에게 선물을 내밀자 즉석에서 열어본다
줄줄이 이어붙인 만 동*짜리 지폐가 꼬리를 물고 나온다
신랑 신부의 머리 위에서 지폐가 펄럭인다

집 앞에 설치한 스피커에서 음악이 울리고

화려한 드레스가 조그만 시골 마을을 들썩거린다
꽃처럼 환한 신부가 활짝 웃으면 신랑이 따라 웃는다

신부 주변에 아이들이 몰려든다
호기심 많은 아이들이 떠나지 않는다
떠들썩한 응우옌 씨네 골목길에서 올망졸망한 눈망울들이
하얀 드레스 자락을 따라 다닌다

* 만 동 : 한화로 500원 정도.

로이의 집

토요일 오후, 결혼식에 갔다가
직원들이 몰려간 곳은
근처에 사는 로이의 집이었다

골목을 들어서니
담장이 눈높이에 들어오고
망고 나무가 서 있는 마당가에 평상이 놓여 있었다
평상에 앉아 있던 로이의 아버지가
갑자기 들이닥친 손님을 반갑게 맞았다
로이의 아내가 돌 지난 아기를 안고 나왔다
마당 왼쪽에는 양어장이 보였다

직원들은 누구나 처음이 아닌 듯
그 집의 구석구석을 차지하고
누군가 야자나무 위로 올라가고
누군가는 뜰채를 들고 양어장으로 갔다

토요일 오후의 나른한 햇살도 엉덩이를 디밀고

평상 위로 야자수 열매들이 굴러오고

시끌벅적 잉어를 들고 나타나는

친구 같고 형제 같은 그들이

구슬처럼 모여 환하다

꽝가인*

그녀가 움직이면 지게도 바삐 길을 간다
바구니 가득 쌀로 만든 면과
양배추 토마토 오이 등의 채소들이
휘어지는 대나무를 달래면서 간다

어미 새의 부리처럼
지게에는 새벽의 빗소리도, 저물녘 노을빛도 담기고
그녀의 어깨에선 새들이 자란다

전쟁에 나간 남편을 대신하였고
전쟁에서 돌아온 남편을 두고도
그녀는 여전히 지게를 메고 있다

그녀가 감당한 무게는 강하고 끈질겨서
남자들에게도 힘든 일을 가리지 않는다

가끔은 지게 가득 화려한 꽃도 피지만
남편과 아이들을 싣고

쌀국수를 닮은 그녀를 싣고서

아무리 무거워도 중심을 잃지 않는

그녀의 어깨에는 날개 대신 꽝가인이 있다

* '어머니의 지게'라고 불리는 베트남의 지게.

두 번째 만남

기사를 따라 도착한 마을은 두 번째 방문이었다
잔치 음식이 차려진 테이블에 앉자
낯익은 얼굴이 다가온다
지난주 있었던 결혼식에서 인사를 나눈 꽝 씨였다
양복을 입고 손을 내미는 모습이 오늘도 혼주의 모습이다
그는 친근한 웃음을 띠며 뚜안의 큰아버지라고 했다
조카를 위하여 지난주에 이어 또 잔치를 열었다
그가 술잔을 권하고 음식을 권하는 사이
뚜안이 와서 인사를 한다
신부는 보이지 않고 신랑이 하객을 맞이한다
신부를 데려오는 결혼식은 내일로 이어진다
결혼식을 하루 앞두고 회사 동료들과 친척들을 초대하여
잔치를 하는 것이다
한동네에서 같은 회사에 다니며 같은 시기에 결혼을 하는
아들과 조카를 둔 꽝 씨의 얼굴은 더 이상 낯설지 않다
까만 얼굴에는 굵은 주름이 많아 나이가 들어 보이지만
이제 쉰셋이라고 했다
농사를 짓고 아들을 키우고 조카를 거두는 그의 마당에는

손님들이 밀려오고 푸짐한 음식이 오간다

오늘따라 일찍 도시로 나오셨던 아버지가 생각난다
시골에 계시던 삼촌들은 물론 고모들까지
모두 우리 집을 거쳐 결혼을 했다
막내 고모의 결혼식을 앞두고
내 방 가득 혼수품들이 쌓여 있던 기억이 새삼 아련한데
꽝 씨가 또 술잔을 권한다

음력설을 지난 2월의 선선한 바람이 결혼식을 축복하고
두 번째 만난 꽝 씨와 나는 얼근하게 취했다

안녕, 버나인

하이퐁이 고향인 그녀는
영어를 잘하고 휴일에도 회사에 나옵니다
일요일마다 열리는 꽃시장을 거쳐
화단에 꽃을 심고 가꾸는 일,
사람들을 즐겁게 하는 일에 정성을 다합니다

팔에는 커다란 흉터가 있고
오토바이 사고로 한쪽 시력을 잃었다고
스스로 애꾸라 말합니다
그녀의 집은 멀어서 여전히 오토바이를 타고 다니며
어머니와 단둘이 삽니다

아내와 딸을 버리고 떠났던 그녀의 아버지는
네 번씩이나 결혼을 했다고 합니다
어릴 때 남의 집 식모살이를 하면서도 영어 공부를 하고
외국인 회사에 취직하여 가장이 된 그녀는
아버지를 원망하지 않습니다

아버지의 안부를 묻고

엄마 몰래 용돈을 드리고
아무리 힘들어도 여전히 가족이라고

회사에 들어서면 일 년 내내 피어 있는 꽃들이
재잘재잘 그녀를 닮았습니다

장쯔에 공단

누 떼들이 몰려오는 출근 시간

오토바이를 탄 젊은이들이
넓은 초원을 향해 누 떼처럼 달려오는 것이다

공단 앞 대로에서 나는 우회전 신호를 기다리고
좌회전을 위해 달려오는 하이퐁의 청년들

신호 건너 넓은 초원에는
엘지전자, 디스플레이, 이노텍 그리고
많은 한국의 협력업체들이 그들을 기다린다

고향에서 농사를 짓던 쑤언도
영어를 잘하는 뚜엔도
한국에서 유학한 롱도
남녀 할 것 없이
출근 시간이면 오토바이를 타고 몰려드는

장쯔에 공단은

수만 평 대지 위에 생산의 깃발이 펄럭이는

그들의 풍성한 초원이다

군복 입는 아버지

로안의 아버지는 참전 용사이다
스물둘에 결혼하고
첫아들을 낳기 전에 전쟁에 나갔다

그는 조국의 독립을 위해 프랑스와 싸웠고
승리의 기쁨과 함께 집으로 돌아왔다

베트남 전쟁이 시작되자 그는 생계를 위해 지원했다
AK-47을 들고 임신한 아내와 아들을 생각하며
총알이 스치는 순간에도 정신을 놓지 않았다

그가 세 번째 나갔을 때는 중국과의 전쟁이었다
퇴역한 군인이었지만
또다시 민병대로 나서야 했던 것은
가족이 있었기 때문이다

전쟁이 끝났지만 로안의 아버지는 여전히 군복을 입고
있다

한 번도 패배한 적이 없는 그의 군복은
농사를 짓고
밥을 먹고
딸의 결혼식에도 간다

계급장도 훈장도 없는 그의 군복에는
아내와 아들과 딸이 있다

히엔과 흐엉

한국말을 가르치는 히엔과
한국말을 배우고 있는 흐엉을 위해
나는 한국 식당으로 갔다

자리에 앉자마자 흐엉이 메뉴판을 읽는다
냉면과 떡볶이와 순댓국을 모두 받침을 빼고 소리 낸다
한국어를 모국어처럼 구사하는 히엔이 달아난 받침을 불
러오자
냉면과 떡볶이와 순댓국이 입맛을 당긴다

나는 냉면을 시키고
두 사람은 순댓국을 시켰다
떡볶이도 추가했다

순댓국이 처음이라는 히엔은 한국 드라마에서 본 것을 따
라 한다
뜨끈한 순댓국에 밥을 말고 김치를 얹어서 먹는다
흐엉은 떡볶이를 더 좋아한다

고추장의 매운맛에 콧물을 훌쩍이면서
"마씨서요, 마씨스미다"를 반복한다

우리는 순댓국 하나에도 수다가 늘었다
하노이 대학에서 한국어를 전공한 히엔은 교수가 꿈이다
경영학을 전공한 흐엉은 한국 회사에 취직하려고 한다

내가 베트남 음식에 대해서 물었더니
히엔은 흐엉의 입이 열리기를 기다린다
금방 튀어나오지 않는 한국말이 흐엉의 입에서 꼬물거린
다

부엌신 옹따오*

아이가 없는 부부는
말다툼이 잦아서 아내가 집을 나가자
남편은 잘못을 뉘우치고 아내를 찾아 나선다

마을에서 마을로 헤매다가 거지가 된 남편은 남의 부인이
된 아내를 만난다 옛 남편을 불쌍히 여겨 집 안으로 맞아들
이고 그들은 재회의 눈물을 흘린다

새 남편이 집으로 돌아오자
옛 남편을 급히 뒷마당의 볏가리로 숨긴다
새 남편은 이날따라 부지런히 비료를 만들려고
곧바로 뒷마당으로 가서 볏가리에 불을 붙인다

볏가리 속의 남편은 아내의 입장을 생각하여
이를 악물고 밖으로 뛰쳐나오지 않는다
뒤늦게 불길을 본 아내는 볏가리 속으로 뛰어들고
아무것도 모르는 새 남편은 아내를 구하려고 같이 뛰어든
다

세 사람은 새까만 재가 되고
그들의 영혼은 한날한시에 옥황상제 앞에 서게 된다
옥황상제는 세 사람에게 옹이라는 칭호를 주고
그들은 화로에 있는 세 개의 발이 되어 부엌을 지킨다

옹따오는 설날이 오기 전에 잉어를 타고 하늘로 떠납니다
하늘에 가서 미주알고주알 우리 집 살림을 모두 고해바칩니
다

우리는 부엌 구석구석 먼지를 털고 호숫가에 빨간 잉어를
풀어줍니다 집안의 나쁜 일은 숨기고 좋은 일은 많이 말해
달라는 부탁입니다

지금은 없지만 우리집 부엌에는 불이 활활 타오르는
발이 세 개 달린 화로가 있었습니다

* 옹따오 : 베트남 설화에서.

노란 매화가 된 소녀*

사냥꾼의 딸인 소녀는
마을 사람들을 위해 아버지와 함께
아이들을 잡아먹는 괴물을 물리쳤다.

세월이 흘러 아버지는 늙고
이웃 마을에 괴물이 다시 나타났는데
머리는 사람이고 몸은 구렁이였다

아버지는 이웃 마을 사람들의 부탁을 거절하려고 했지만
소녀는 괴물을 잡기 위해 아버지를 설득했다

아버지와 함께 길을 나서는 소녀에게
어머니는 어떤 옷을 입고 싶은지 물었다
"당당하고 튼튼해 보이는 노란 옷을 입고 싶어요"

쇠약해진 아버지와 노란 옷을 입은 소녀는
더욱 거세진 괴물의 꼬리를 나무에 못 박고

그 틈에 머리를 자르기로 했다

괴물의 머리를 자르는 순간 꼬리가 빠지면서
두 사람을 거세게 쳤고
소녀는 아버지를 구하고 그대로 숨을 거두었다
사람들은 괴물을 죽인 용감한 소녀를 기리기 위해서
소녀가 죽은 곳에 사당을 짓고 소녀의 넋을 기렸다

딸의 죽음을 들은 어머니는 슬픔에 빠지고
소녀의 착한 일과 효심을 들은 옥황상제는
일 년 중 9일간은 소녀를 가족에게 보냈다

세월이 흘러 부모님이 돌아가시자
매년 새해가 되면 9일간 노란 매화가 활짝 피었다

* 베트남 설화를 재구성함

COVID-19

하노이 공항으로 향하던 범수 씨는
베트남 북부의 번돈 공항에 착륙하여
14일간의 격리에 들어갔다
두어 평 남짓한 호텔에서
문밖으로 한 발짝도 나갈 수 없게 되었다

현지인 관리자가 문밖에 도시락을 두고 가면
침대에서 밥을 먹었고
화장실 안에서 제자리걸음을 걸었다

베트남에 있는 그의 아내가 달려와
문밖에 과일과 음식을 두고 갔다

늦은 나이에 베트남 여성과 국제결혼을 하고
두 아이의 아빠가 된 범수 씨
한국에 출장을 나온 사이에 코로나19가 확산되고
베트남에서는 입국을 제한했다

사랑은 이미 국경을 초월했지만

사랑을 지키는 것은 견디는 일이다

벽을 보고 중얼거리기도 하고
창밖으로 뛰어내리고도 싶었지만
14일의 끝은 다가오고 있었다

창을 여는데 멀리서 그의 아내가 손을 흔든다
언제까지 서 있으려는 것인지
발길을 돌리지 못한다

베트남 문화의 전도사

맹문재

1.

박경자는 한국 시문학사에서 베트남의 문화를 집중적으로 담아
낸 시인으로 평가될 것이다. 시인은 베트남의 음식, 시장, 가족, 혼
례, 제례, 직장 생활 등을 관광객처럼 소개하는 것이 아니라 현지
인들과 함께하면서 이해하고 습득하고 있다. 시인이 베트남 사람
으로 태어나서 자라고 생활하지 않았기 때문에 그들과 같은 문화
의 뿌리를 갖는 것은 불가능하지만, 최대한 동질감을 가지고 수용
하고 있는 것이다. 그리하여 체험에 의한 시인의 시편들은 구체적
이고 진정성을 갖는다.

1992년 한국과 베트남이 수교에 합의한 이후 경제 분야뿐만 아
니라 산업기술, 관광, 교육, 결혼, 스포츠 등 다양한 분야의 교류가
증대하고 있다. 베트남에 있는 한국인 수와 한국에 있는 베트남인

수가 각각 10만 명이 넘는다는 사실은 양국의 교류가 얼마나 활발하게 진행되고 있는지를 증명해준다.

1998년 김대중 정부가 베트남전쟁에 대해 공식적으로 '유감'을 표명한 뒤 역사 문제도 개선되고 있다. 그동안 많은 시민단체의 노력으로 양국 관계가 진전되고 있는데, 국가 차원에서 좀 더 적극적으로 사과하고 보상체계를 마련하는 것이 필요하다. 시인을 비롯한 예술가들의 동참 역시 요구된다. 베트남을 동남아시아의 한 시장이나 관광지로 여기는 편협되고 표피적인 자세를 극복할 필요가 있는 것이다.

한국 시문학사에서 베트남을 본격적으로 담은 시인으로는 김태수를 들 수 있다. 그가 간행한 시집 『베트남, 내가 두고 온 나라』는 베트남전쟁의 참상을 정직하게 증언하면서 '자유의 십자군'이라는 허울 좋은 이름으로 참전했던 자신을 참회하고 있다. 생명을 건 수당으로 가난의 굴레를 벗어나려고 참전한 일이 결국 거대한 제국주의의 폭력에 동조한 것임을 깨닫고 베트남 사람들에게 속죄하고 있는 것이다. 이외에 김남일, 박영한, 방현석, 오현미, 이대환, 이원규, 조해인, 황석영 등이 쓴 소설과 김준태, 하종오 등이 쓴 시작품이 있지만, 베트남의 역사와 문화를 충분히 담아냈다고 보기는 어렵다. 베트남의 시인이나 소설가로도 반레, 찜짱, 휴틴, 탄타오, 바오닌, 응웬반봉, 응웬옥뜨 정도만 한국에 알려져 있다. 이와 같은 상황에서 역사적인 전망을 가지고 베트남의 문화를 구체적으로 담아낸 박경자 시인의 작품들은 주목된다.

2.

박경자 시인의 시집에서 무엇보다 눈에 띄는 것은 음식들이다. 베트남의 녹두로 만든 빈대떡, 반까오 거리의 마트에서 사온 막걸리, 쑤언 할머니집 앞에서 삶고 있는 쌀국수, 신들만 먹었다고 전해지는 달고 맛있는 과일인 두리안(durian), 따뜻하고 꽃 모양의 과일인 나(Na), 담장 안에 달린 망고, 두리안처럼 생긴 커다란 과일인 밋(Jackfruit), 대나무 밥, 설 명절에 먹는 전통 떡인 반뗏(Banh Tet), 그리고 분짜(Bun Cha) 등이 시집 속에 풍요롭게 차려져 있는 것이다.

재래시장이 가까운 곳이었다
나와 지엠은 노상에 앉아 분짜가 나오기를 기다렸다
면을 말하는 분과 고기를 말하는 짜가 합쳐져서
이름이 분짜라고 했다
팔꿈치가 닿을 듯이 모여 앉은
우리의 옆자리에도 그 옆자리에도
푸른 향신채와 소스가 담긴 그릇이 먼저 나오는 사이
즐비한 플라스틱 의자와 테이블이 채워지고
거리가 주방인 그곳은
마치 커다란 광장 같았다
이마를 맞댄 동료들이 있고 아이의 손을 잡은 아빠가 있다
그릇을 나르는 남자의 표정은 넉넉하고
달콤 짭짤한 양념을 부채질하는 숯불 앞의 여자는
더위 먹은 입맛을 부추겼다
아무리 더워도 먹고 싶다는 눈빛 때문인지
거리를 메운 고기 냄새 때문인지
가로수는 그늘을 늘리고

오토바이는 경적을 멈춘다
나는 옆에 앉은 지엠을 따라
소스가 담긴 그릇에 고기와 고수를 담그고
쌀로 만든 면을 넣었다
젓가락을 휘휘 저어
고기와 면과 고수를 감아올리면
하늘하늘 늘어선 꽃들이 웃고 새들도 떠드는
잊을 수 없는 거리가 된다

　　　　　　　　　　　　　　　― 「분짜 거리」 전문

　위의 작품의 화자는 "면을 말하는 분과 고기를 말하는 짜가 합쳐져서/이름이 분짜라고" 하는 음식을 먹고 있다. 분짜를 파는 곳은 "재래시장이 가까운 곳이었"는데, "팔꿈치가 닿을 듯이 모여 앉은/우리의 옆자리에도 그 옆자리에도" 사람들이 들어차 "거리가 주방"이 될 정도로 인기가 있었다. "마치 커다란 광장 같"은 그곳에 "이마를 맞댄 동료들이 있고 아이의 손을 잡은 아빠가 있"을 만큼 베트남 사람들이 즐겨 먹는 것이다.

　위의 작품에서 한국 사람인 "나"와 베트남 사람인 "지엠"이 함께 "분짜"를 즐겨 먹는 장면은 눈길을 끈다. "분짜"를 먹어본 적이 없는 "나는 옆에 앉은 지엠을 따라/소스가 담긴 그릇에 고기와 고수를 담그고/쌀로 만든 면을 넣"고 "젓가락을 휘휘 저어/고기와 면과 고수를 감아올"려 먹는다. 화자는 "분짜"의 이 기막힌 맛을 "하늘하늘 늘어선 꽃들이 웃고 새들도 떠드는/잊을 수 없는 거리"가 되는 것으로 나타내고 있다.

　한국 사람인 "나"와 베트남 사람인 "지엠"이 함께 "분짜"를 먹는 모습은 서로의 마음을 주고받고 인정을 나누기에 끼니를 해결하는 것 이상의 의미를 갖는다. "분짜"를 먹을 줄 모르는 화자가 "지엠"이 친절하게 알려주는 대로 따라 먹기에 의사소통을 구체적으로 하는 것이다. 상대를 인정하고 존중하는 모습은 다음의 작품에서도 볼 수 있다.

> 토요일 오전에 미역국을 끓여서 디엡에게 갔다
>
> 발간색 내복과 양말을 신은 디엡이 문을 연다
> 산모의 얼굴이 푸석푸석하다
> 한국 음식을 좋아하는 그녀가 미역국을 반긴다
>
> 식탁에는 밥과 말려서 갈아놓은 돼지고기가 있다
> 막 밥을 먹으려던 그녀는 나에게 같이 먹자고 한다
> 노랗게 쪄진 밥 위에 포슬포슬한 루억을 얹고서
> 우리는 마주 보고 웃는다
>
> 미역국과 루억이 만난 식탁에는
> 야자나무에 열매가 차오르는 동안 아들을 낳은 디엡과
> 말하지 않아도 오가는 다정함이 있다
>
> 적도 부근에서도 크리스마스를 기다리는 십이월,
> 나는 그녀에게 자꾸만 더 먹어라 미역국을 권하고
> 그녀는 내 앞으로 루억을 밀어놓는다
>
> —「미역국과 루억」 전문

위의 작품의 화자는 "토요일 오전에 미역국을 끓여서 디엡"을

방문했다. "발간색 내복과 양말을 신은 디엡이 문을" 여는데, "산모의 얼굴이 푸석푸석하다". 그러면서도 "한국 음식을 좋아하는 그녀가 미역국을 반긴다".

"밥과 말려서 갈아놓은 돼지고기가 있"는 식탁에서 "막 밥을 먹으려던 그녀는" 화자에게 "같이 먹자고" 인정을 베푼다. 그리하여 "노랗게 쪄진 밥 위에 포슬포슬한 루억을 얹고서" 서로 "마주 보고 웃는다". "미역국과 루억이 만난 식탁에는/야자나무에 열매가 차오르는 동안 아들을 낳은 디엡과/말하지 않아도 오가는 다정함이 있"는 것이다. 그와 같은 모습은 "적도 부근에서도 크리스마스를 기다리는 십이월,/나는 그녀에게 자꾸만 더 먹어라 미역국을 권하고/그녀는 내 앞으로 루억을 밀어놓는" 데서도 볼 수 있다.

한국에서는 산후조리의 음식으로 "미역국"을 필수적으로 먹는다. 임신했을 때 못지않게 출산한 뒤에도 영양 보충이 필요한데, "미역국" 섭취로 영양을 조달하는 것이다. 칼슘과 비타민 등이 풍부한 미역은 몸이 약해진 산모의 원기를 회복하는 데 도움을 준다. 그리하여 화자는 "미역국"을 끓여 "디엡"을 찾아간 것이다. 물론 "미역국"이 몸에 좋은 음식이라고 할지라도 익숙하지 않은 사람에게는 부담이 될 수 있다. 그렇지만 화자는 "디엡"이 "한국 음식을 좋아하는" 것을 알고 있기에 가져갔고, 아니나 다를까 그녀는 "미역국을 반"겼다. 그 결과 "디엡"에게는 돼지고기로 만든 "루억"에다가 "미역국"이 더해져 보양식이 훨씬 풍요로워진 것이다.

화자가 "디엡"에게 호의를 베푼 것은 같은 여성으로서 공감하는 바가 크기 때문이었다. 화자는 여성이 출산할 때 느끼는 고통이 인간으로서 느끼는 고통 중에서 가장 크다는 것을 잘 알고 있다. 그리하여 국적의 차이와 상관없이 동질감을 가지고 "디엡"에게 "미역국"을 전한 것이다.

이와 같이 시인은 음식물을 끼니를 해결하는 것 이상으로 인식하고 있다. 빨간색 구두를 신고 오는 "타오"가 "고향에서 가지고 온 옥수수를 나는 좋아"하고, 그녀는 "내가 만든 김밥과 김치를 좋아"(「빨간 구두 타오」)하듯이 음식물 교류를 통해 연대의식을 추구하는 것이다. "히에우가 가족과 함께 만들었다며/바나나 잎에 찐 떡"인 "반뗏"(「반뗏을 먹다」)을 가지고 와 화자와 나누어 먹는 모습도 그러하다. 화자가 "디엡과 함께 '나'라고 하는 이름의 껍질을 벗"기면서 "베트남 8월의 시장에는 온통/너와 함께 '나'가 기다리고 있"(「나(Na)」)다고 느끼는 것도 마찬가지이다. 결국 화자는 음식 문화의 교류로써 국적의 차이를 극복하고 있는 것이다.

3.

　　1.

캄캄한 동네를 돌고 돌아 불빛이 새어 나오는 곳에
조안이 서 있었다
마당에는 제사를 지낸 친척들이 기다렸다
나는 조안의 아버지를 모신 신주 앞에 향을 올렸다
큰아버지와 고모와 사촌들이 이방인을 환영했다
술잔을 권하고 악수를 청했다
이방인은 그들과 술잔으로 통했다

　　2.

식사를 하는 동안 남자들이 주방을 들락거렸다

조안이 내 그릇에 음식들을 놓아주었다
누나가 만들었다는 고수와 함께 볶은 조갯살이 맛있었다
홀로된 어머니를 보살피는 누나가 있고
아버지의 빈자리를 살뜰히 챙기는 큰아버지가 있고
부지런하고 구김 없는 조안이 있었다
발음되지 않는 언어들이
마주 보며 목을 타고 흐르는 밤이었다

3.
조안의 어머니가
코코넛이 씹히는 초록색 떡과
녹두 가루가 섞인 달달한 과자를 선물했다

과자통 밑에서 지폐 두 장이 나왔다
오늘 밤, 시간을 거슬러
나는 시골 삼촌 댁을 다녀온 것 같다
작은 손에 차비를 꼭 쥐여주시던 숙모를 생각했다
— 「조안의 가족들」 전문

위의 작품의 화자는 가깝게 지내는 "조안"의 집에 찾아가 그의 "아버지를 모신 신주 앞에 향을 올"렸다. 화자가 예를 갖추자 조안의 "큰아버지와 고모와 사촌들이 이방인을 환영"하고 "술잔을 권하고 악수를 청했다". 그리하여 화자 역시 "그들과 술잔으로 통"할 정도로 기꺼이 함께했다.

화자는 "식사를 하는 동안" "조안" 가족의 공동체 의식을 확인할 수 있었다. 조안의 "누나"는 "고수와 함께 볶은 조갯살"을 만들었을 뿐만 아니라 "홀로된 어머니를 보살피"고 있었다. "아버지의 빈자리를 살뜰히 챙기는 큰아버지가 있"는 사실도 알았다. 그와 같은 가족의 사랑을 받는 "조안"은 "내 그릇에 음식들을 놓아"줄 정도로 인정이 많았고, "부지런하고 구김 없는" 생활을 했다. 그리하여 화자는 "조안"의 가족들 앞에서 "발음되지 않는 언어들이/마주 보며 목을 타고 흐르는" 감동을 느꼈다.

가족들의 인정스러움은 화자가 방문을 마치고 떠나올 때도 마찬가지였다. "조안의 어머니가/코코넛이 씹히는 초록색 떡과/녹두 가루가 섞인 달달한 과자를 선물"했을 뿐만 아니라 "과자통 밑에" 몰래 "지폐 두 장"도 넣어주신 것이다. 이와 같은 융숭한 대접을 받은 화자는 어렸을 때 "시골 삼촌 댁을 다녀온 것 같다"는 느낌을 받았다. 자신의 "작은 손에 차비를 꼭 쥐여주시던 숙모"님도 떠올랐다.

베트남 사람들의 가족 공동체 의식은 다른 작품들에서도 볼 수 있다. 예를 들어 "튜"는 "격주로 양쪽 부모님 집을 오가며 매달 생활비를 드리고", "입원한 할머니의 병원비를 형제들"(『점심시간의 회식』)과 함께 부담하고 있다. "디엡"은 "설날을 기다리고/친척들을 기다렸다가/아끼는 김치를 함께 먹으려"(『김치 있어요?』)고 한다. "월급을 모두 고향의 부모님께 보내는 따오"(『봄날』)나, "조카를 위하여 지난주에 이어 또 잔치를 열"어주는 "뚜안의 큰아버지"(『두 번째 만남』)도 그러하다. 심지어 "버나인"은 아내와 딸을 버리고 네 번이나 결혼한 아버지를 내치지 않고 "안부를 묻고/엄마 몰래 용돈을 드리고/아무리 힘들어도 여전히 가족"(『안녕, 버나인』)이라고 여긴다. "리엔"은 두 번째 부인에게서 태어난 "남편과 함께"(『리엔의 시아버지』) 자식이 없어 혼자 바닷가 마을에 사는 아버지의 본처 집에 친

자식처럼 찾아가 인사를 드린다.

이와 같은 가족 공동체 의식은 "호텔 까멜라에 작은 사당이 있"(『신들의 집』)고, "조상신에게 꽃을"(『잠옷과 꽃 자전거』) 올리려고 잠옷 차림으로 준비하는 후손의 모습에서도 볼 수 있다. 베트남 사람들에게 조상 숭배는 대단히 중요한 윤리이고 덕목이다. 베트남의 가보(家譜)가 조상이 돌아간 연월일, 즉 기일을 기록한 비망록의 성격이 짙은 것에서도 알 수 있다. 베트남 사람들은 제사는 저세상으로 떠난 조상들을 편하게 쉬도록 하기 위해 절대적으로 필요하다고 믿고 있는 것이다.[1]

마당에는 토종닭과 돼지고기로 만든 음식들이 반기고
찹쌀로 담근 전통주와 붉은 찰밥으로
잔칫상이 가득하다

아오자이를 곱게 입은 신부의 어머니와
양복을 갖춘 신부의 아버지가 나란히
하객들 사이를 돌며 술잔을 권한다

동료들이 모여 앉은 자리에는 웃음소리가 끊이지 않는다
누군가 신부에게 선물을 내밀자 즉석에서 열어본다
줄줄이 이어붙인 만 동짜리 지폐가 꼬리를 물고 나온다
신랑 신부의 머리 위에서 지폐가 펄럭인다

집 앞에 설치한 스피커에서 음악이 울리고

---

1 유인선, 『근세 베트남의 법과 가족』, 위더스북, 2014, 76쪽.

화려한 드레스가 조그만 시골 마을을 들썩거린다
꽃처럼 환한 신부가 활짝 웃으면 신랑이 따라 웃는다
　　　　　　　　　　　　　　　—「응우옌 씨네 마을의 피로연」 부분

"마당에는 토종닭과 돼지고기로 만든 음식들이 반기고/찹쌀로
담근 전통주와 붉은 찰밥으로/잔칫상이 가득"하듯이 결혼식은 그
지없이 풍성하다. "아오자이를 곱게 입은 신부의 어머니와/양복을
갖춘 신부의 아버지가 나란히/하객들 사이를 돌며 술잔을 권"하듯
이 정겹고 즐겁기도 하다. 마을 사람들은 자신들이 그러하듯이 신
랑 신부가 가계를 유지해 조상을 숭배할 수 있기를 바라며 기꺼이
축하하는 것이다.

　이와 같은 베트남의 결혼식 풍경은 산업화와 도시화가 본격화되
기 이전의 한국과 다르지 않다. 자신의 고장에서 가족과 함께 농사
를 지으며 살아온 사람들은 미지의 세계로 떠나려고 하지 않는다.
자신이 태어난 고향에서 살다가 뼈를 묻으려고 하고, 고향을 떠난
사람들도 언젠가는 돌아와 살려고 한다. 그리하여 자기 마을에 대
한 애착심이 크고 공동체 의식이 강하다. 마을의 풍습과 관습도 스
스로 지키려고 한다. "동료들이 모여 앉은 테이블에서 웃음소리가
끊이지 않"고, "누군가 신부에게 선물을 내밀자 즉석에서 열어"보
아 "조그만 시골 마을"이 "들썩거"리는 것이 그 모습이다.

　그렇지만 베트남의 결혼 문화는 산업화와 도시화가 진행되면서
변하고 있다. 아직 인구의 70% 정도가 농촌에 거주하고 있는 농
업국이지만 산업화가 진행될수록 제조업 국가로 변하게 되어 결
혼 문화도 달라질 것이다. "고향에서 농사를 짓던 쑤언도/영어를

잘하는 뚜엔도/한국에서 유학한 롱도/남녀 할 것 없이/출근 시간이면 오토바이를 타고" "수만 평 대지 위에 생산의 깃발이 펄럭이는"(「장쯔에 공단」) 공장으로 몰려드는 장면에서 예상할 수 있다. 이러한 변화에는 베트남에 진출한 한국의 기업이 4천 개가 넘는다는 사실에서 증명되듯이 한국의 영향이 크다. 국제결혼의 증가도 마찬가지이다.

마흔이 넘도록 결혼을 못한 영식 씨가 리엔 씨와 결혼을 한다
베트남 회사에서 만난 신부는 18살 연하다

영식 씨에게는 꿈도 못 꿀 일이
바다를 건너와 이루어지고 있다

젊은 신부를 위해 화려한 꽃들을 준비하고
젊은 장인 장모의 표정을 읽고 있다

호텔 야외 결혼식장에서
주변의 호기심과 날 선 시선들을 한몸에 받고 있다
결혼도 전에 신부네 집에 불려가 힘든 집안일을 했다거나
처갓집 음식이 입에 맞지 않아 고추장을 들고 다닌다거나
서로에게 숙제로 남은 언어들이 허공을 떠돌고
우려와 부러움이 섞인 시선을 따라
하얀 드레스를 입은 신부가 등장한다

멀리서도 화색이 도는 영식 씨의 얼굴에는
내일 일을 미리 걱정할 필요는 없다는 듯
신부를 향한 입꼬리가 올라가고

식장에는 양국의 언어가 화음을 맞춘 음악처럼 흐른다

— 「한국 남자 영식 씨」 전문

"마흔이 넘도록 결혼을 못한" 한국 남성 "영식 씨"가 베트남 여성 "리엔 씨와 결혼"식을 올리고 있다. "베트남 회사에서 만난 신부는 18살 연하"일 정도로 "영식 씨에게는 꿈도 못 꿀 일이/바다를 건너와 이루어"진 것이다. 그리하여 신랑 신부는 "호텔 야외 결혼식장에서/주변의 호기심과 날 선 시선들을 한몸에 받고 있다". "결혼도 전에 신부네 집에 불려가 힘든 집안일을 했다거나/처갓집 음식이 입에 맞지 않아 고추장을 들고 다닌다거나/서로에게 숙제로 남은 언어들이 허공을 떠돌고/우려와 부러움이 섞인 시선"들이 결혼식장을 채우고 있는 것이다. 그렇지만 신랑과 신부는 주위의 걱정과 우려에 신경 쓰지 않고 사랑하는 마음을 나타내고 있다. "하얀 드레스를 입은 신부가 등장"하자 "멀리서도 화색이 도는 영식 씨의 얼굴에는/내일 일을 미리 걱정할 필요는 없다는 듯/신부를 향한 입꼬리가 올라가"는 것이다.

어느덧 한국이나 베트남에서 이루어지는 다문화 결혼은 낯선 풍경이 아니다. 2017년 한국 통계청이 발표한 자료에 따르면 결혼 이민자 출신국 중에서 베트남이 377명으로 2위인 중국(39명)에 비해 압도적으로 많다. 결혼 이민자의 배우자 관계 만족도도 베트남인 경우는 86.9%(매우 만족 68.3%, 만족 18.6%)이고, 결혼 이민자의 전반적 생활 만족도도 베트남인 경우 83.6%(매우 만족 58.3%, 만족 25.3%)로 비교적 높은 편이다.[2] 한국인과 베트남인이 결합하는 다문화 가

2 https://kosis.kr/statisticsList/statisticsListIndex.do?menuId=M_01_01&vwcd=MT_

정은 더욱 늘어날 것이다.

4.

베트남은 B.C. 2879년 반랑국[文郎國]이라는 독립 왕국으로부터 시작된 유구한 역사를 가지고 있다. 식민지의 경험 또한 오래되어 214년 중국을 통일한 진나라의 침략을 시작으로 천 년 동안 중국의 지배를 받았다. 13세기에는 몽골로부터 3차례의 침략을 받았고, 1862년부터는 프랑스의 지배를 받았으며, 1940년부터는 일본의 지배를 받았다. 1945년 일본이 제2차 세계대전에서 패하자 같은 해 9월 2일 호찌민[胡志明]을 중심으로 베트남민주공화국을 선언했다. 그렇지만 1946년 프랑스의 반대에 부딪혀 제1차 인도차이나 전쟁을 겪었다. 1954년 베트남이 전쟁에서 승리했지만, 같은 해 7월 제네바 협정에 따라 소련이 지원하는 북부와 미국이 지원하는 남부로 분할되었다. 그 후 북베트남을 중심으로 독립전쟁이 일어나자 미국이 개입해 소위 베트남전쟁으로 불리는 제2차 인도차이나 전쟁을 겪었다. 1973년 미국이 철수하면서 휴전되었고, 1976년 북베트남 주도로 베트남사회주의공화국이 탄생되었다.[3]

이와 같은 역사에서 보듯이 베트남은 세계 강국의 지배로부터 독립해 민족의 자유를 회복한 강한 민족이다. 한국은 1964년 외과병원 파병을 시작으로 베트남전쟁에 전투병력을 파병함으로써 베트남 사람들에게 큰 원망과 상처를 주었다. 1992년 두 나라가 수

ZTITLE&parmTabId=M_01_01#SelectStatsBoxDiv

3 송정남, 『베트남의 역사』, 부산대학교 출판부, 2000.

교류를 맺은 뒤 지금까지 경제 분야는 물론이고 다양한 교류를 통해 관계를 개선하고 있다. 따라서 베트남의 역사를 이해하는 것은 필요하다.

전쟁을 기억하려는 사람들이 있었다
그들은 탱크에 올라가서 총을 겨누어보기도 하고
탄알 없는 대포를 쏘기도 하고
헬리콥터에 앉아보기도 하면서 사진을 찍었다
미국과 프랑스와 싸웠던 생생한 흔적의 박물관 야외에는
발길이 끊이지 않았다

수천 대의 살상 무기를 상대로
여자들은 아이를 안고 총을 들었다
산골짜기 위로 무기를 나르고 식량을 제공하는 민간인들이
있었다
적군을 포위한 군인들은 물러서지 않았다

산산조각이 난 미 전투기의 잔해를 모아
탑을 세운 국민들

남편을 잃고 자식을 잃었지만
전쟁은 비극에서 끝나지 않았다

비 오듯 퍼부었을 포탄을 잊지 않고 있는 국민들이 있다
추락한 미국의 폭격기를 끌어내고 있는 소녀의 사진이
끈적한 열대의 바람을 일으킨다

— 「하노이 군사 박물관에서」 전문

제2차 인도차이나 전쟁 때 베트남 사람들은 도망치지 않고 맞섰다. "수천 대의 살상 무기를 상대로/여자들은 아이를 안고 총을 들었"을 뿐 아니라 "산골짜기 위로 무기를 나르고 식량을 제공하는 민간인들"도 있었다. "적군을 포위한 군인들"도 결코 "물러서지 않았다".

베트남 사람들은 그 역사를 잊지 않기 위해 "산산조각이 난 미 전투기의 잔해를 모아/탑을 세"웠다. "비 오듯 퍼부었을 포탄을 잊지 않"으려고 만든 것이다. "전쟁을 기억하려는 사람들"은 "탱크에 올라가서 총을 겨누어보기도 하고/탄알 없는 대포를 쏘기도 하고/헬리콥터에 앉아보기도 하면서 사진을 찍"는다. 이처럼 "미국과 프랑스와 싸웠던 생생한 흔적의 박물관 야외에는/발길이 끊이지 않"고 있는데, 여성 박물관에도 그러하다.

여기 여성들이 있어요
태어나 총을 들고 밭을 일구던 여성들

벽면을 가득 채운 훌륭한 여성들의 얼굴이 있고
독립운동 때 사용했던 가짜 신분증, 실제로 사용했던 타자기
여성 군복과 모자가 있어요

전통 혼례복과 출산과 젖을 먹이는 엄마가 있고
여자들이 돌리던 방아가 있고
웃는 얼굴이 우리의 어머니의 어머니와 많이 닮았어요
밖에서 농사를 짓고 집에서 불을 피우고
남편과 자식을 잃고도 어깨에 총을 멨어요

이곳에는 국가가 있고 꽃이 있어요
영원히 시들지 않는 꽃이
여전히 어깨에 무거운 바구니를 메고
머리에는 논라를 쓰고 있어요

— 「하노이 여성 박물관」 전문

　"하노이 여성 박물관"에는 "태어나 총을 들고 밭을 일구던 여성들"이 있다. 또한 "벽면을 가득 채운 훌륭한 여성들의 얼굴이 있"는데, 그들이 "독립운동 때 사용했던 가짜 신분증, 실제로 사용했던 타자기/여성 군복과 모자" 등도 전시되어 있다.

　"여성 박물관"인 만큼 "전통 혼례복과 출산과 젖을 먹이는 엄마가 있고/여자들이 돌리던 방아가 있"다. "밖에서 농사를 짓고 집에서 불을 피우"기도 하는 그 "웃는 얼굴이 우리의 어머니의 어머니와 많이 닮았"다. 그러면서도 "남편과 자식을 잃고도 어깨에 총을" 메고 있는 모습이 색다르다. 그리하여 화자는 "이곳에는 국가가 있고 꽃이 있어요/영원히 시들지 않는 꽃이" 있어요, 라고 베트남 여성들의 강인함을 노래한다.

　실제로 베트남 여성들은 "전쟁에 나간 남편을 대신하였고/전쟁에서 돌아온 남편을 두고도" "여전히 지게를 메고 있다"(꽝가인). 베트남 가족은 가부장제로 남편이 가정 내에서 우위를 점하고 있지만, 아내는 논을 갈고 추수를 하는 등 농사일을 남편만큼 한다. 또한 상업 활동으로 가족 경제에 크게 기여하고 있다. 이와 같은 상황으로 말미암아 가정에서 남편이 아내보다 우위에 있다고 하더라도 아내의 역할이 제한받지는 않는다. 그리하여 나라가 어려울 때 "밭을 일구던 여성들이" "총을 들"었던 것이다.

베트남의 역사와 문화를 구체적으로 담아낸 박경자 시인의 작품들은 연대의식을 추구하고 있기에 의미가 크다. 시인은 박항서 감독과 함께 "천 년을 참았던 열기가/한꺼번에 뜨거워져 밤을 흔들어놓"(「박항서 매직」)는 베트남 사람들과 함께한다. "한국말을 좋아하고 한국 음식을 좋아하는" 베트남 여성들이 "방탄소년단의 '봄날'을 부"(「봄날」)르자 함께 부른다. "하노이 대학에서 한국어를 전공한 히엔은 교수가 꿈이"고 "경영학을 전공한 흐엉은 한국 회사에 취직하"(「히엔과 흐엉」)는 것이 꿈인데 기꺼이 응원한다. "쓸모없이 버려지던 바나나 잎을/포장지로 사용하는"(「바나나 잎의 변신」) 지혜를 베트남 시민들에게 배우고, 생일 축하 행사를 점심시간에 가져 근무 시간을 아끼고, "초코파이", "치약과 칫솔", "샴푸"(「생일 선물」) 등을 선물로 전하는 실용성을 베트남 회사원들에게 배운다. 궁극적으로 한국 사람들이 베트남 사람들과 함께 지향해야 할 "사랑을"(「COVID-19」) 인식하고 제시하는 것이다.

孟文在 | 문학평론가 · 안양대 교수

푸른사상 시선 138

프엉꽃이 데려온 여름